개 Dog Days

有狗的
日子 ——개 Dog Days

金錦淑 김금숙 著　　　**徐小爲 譯**

FACES PUBLICATIONS

做為人類誕生，便是獲得神聖的信任。
這特別的恩惠也有神聖的責任。
樹木、魚兒、森林、鳥兒，
超越了地球上所有生命所獲得的恩惠。
所以人類有義務守護牠們。

——印地安格言

目次

第 1 章

胡蘿蔔

約八千五百元台幣。

12

胡蘿蔔住過的玻璃箱上面寫著 17 這個數字。

22 號的玻璃箱上，還有另一隻睡得香甜的柯基幼犬。

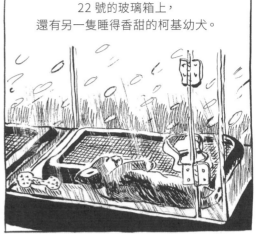

如果被我抱在懷裡的不是 17 號小狗，而是 22 號小狗的話，那 22 號小狗就會變成我們的家人了。

洗毛精、潔耳液、芳香噴霧、尿布墊、飼料都要記得喔。

兩周之後再帶牠來打第 3 劑預防針。

不能在我們那邊的動物醫院打嗎？這裡太遠了……

我們寵物美容是跟動物醫院一起的。既然都要打，不是狗狗熟悉的地方比較好嗎？

叫胡蘿蔔怎麼樣？

為什麼是胡蘿蔔？

牠的腰長得像胡蘿蔔一樣長長的啊。

好啊。反正是為了你
才把牠帶回來的。

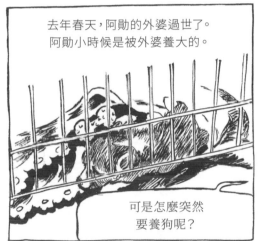

去年春天，阿勛的外婆過世了。
阿勛小時候是被外婆養大的。

可是怎麼突然
要養狗呢？

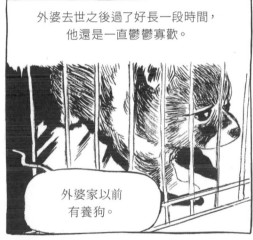

外婆去世之後過了好長一段時間，
他還是一直鬱鬱寡歡。

外婆家以前
有養狗。

牠外表是狗，其實
就是我弟。嘻嘻。

妳等著瞧。
以後妳一定會
比我更愛
胡蘿蔔。

你以為我
是你嗎？

你要去哪？

廁所。

又去？

已經去 3 次了耶。

你是跑去看胡蘿蔔吧？

才不是。

我們每天晚上都拿上廁所當藉口，
輪流去看睡在地板上的胡蘿蔔。

很不可思議吧。
睡一覺就長大，再睡一覺又長更大了。

我們胡蘿蔔來吃飯吧？

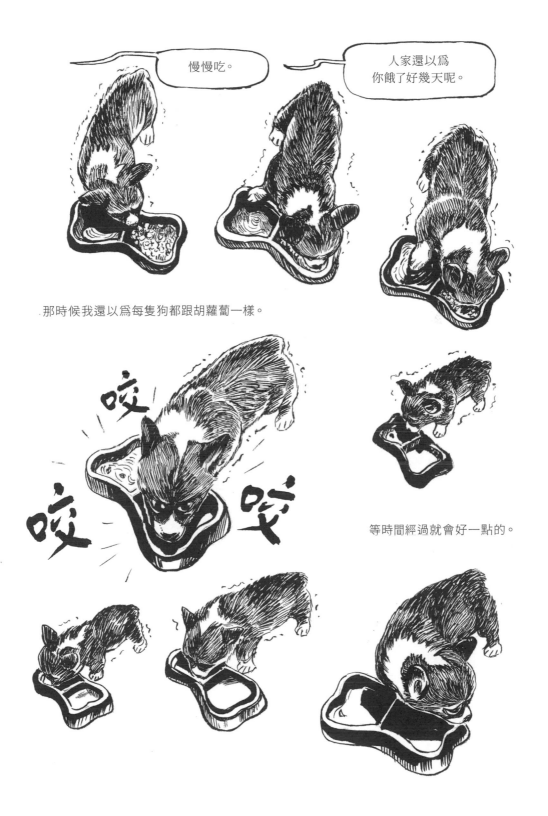

那時候我還以為每隻狗都跟胡蘿蔔一樣。

等時間經過就會好一點的。

你對世上的一切感到神奇，而我對那樣的你的一切感到神奇。

胡蘿蔔趴著玩的時候最好笑了。
腿短短的真的很可愛。

用力咬

用力咬

用力咬

不知不覺就把潔牙骨啃光光了。

聞
聞

就那麼喜歡臭臭的拖鞋嗎？

怎麼會有狗咬自己的主人啊？

還是小狗狗嘛。

我不知道狗的牙齒咬人這麼痛。

明天早上去醫院看看吧。

看一下手有沒有事。

不應該在寵物店買的。

什麼意思？

我在網路搜尋看到，人家說寵物店賣的小狗，大部分都是從工廠式的繁殖場來的。

所以寵物店的小狗受到很多壓力……

Z Z

胡蘿蔔也是在工廠式的繁殖場出生的嗎？

牠是在什麼環境下長大的呢？牠的爸媽是誰？
尾巴是被剪掉了嗎？還是一出生就沒有尾巴呢？

我想起在寵物店看到的那些小狗。
牠們都被關在
用絢麗霓虹燈照明的玻璃展示櫃裡。
胡蘿蔔在那裡待了多久呢？
沒有被領養的小狗會怎麼樣呢？

我們那天晚上
第一次關起房門睡覺。
連原本一直進進出出，
被當成偷看胡蘿蔔藉口的
廁所也沒有去。
沉重的寂靜與黑暗悄然而至。

隔天早上……

蘿蔔啊!

你整個晚上都睡在這裡啊?

阿勛每個禮拜
有 3 天要去學校教課。

我則是在家工作。
對於整天獨自待在家的我而言，
胡蘿蔔是我最好的朋友。

每當我工作累了，
靠在牆邊坐著休息的時候，
胡蘿蔔就會跑過來安慰我。
牠安撫了我緊張的心。
我是個總是手腳冰冷的人，
多虧胡蘿蔔的體溫，讓我的腳也暖暖的。

如果沒有你，我該怎麼撐過那段時間呢？
是因爲我們沒有小孩，
你才穿了狗狗的外衣來找我們的吧。

第一次跟你一起散步的路，好像不管過了多久都無法忘懷。

跟你一起迎接的第一場初雪。
你開心得像隻兔子跳來跳去。

天氣稍微變暖之後，我們開車去了公園。

許多狗主人會把寵物狗帶去那邊散步。

胡蘿蔔很怕別的狗狗。

隨著時間過去，胡蘿蔔還是沒辦法跟其他狗相處融洽。

而且還是對食物
極為執著。

我把小的玻璃杯
放在牠的飯碗裡。

以為設了障礙物，
牠就會吃得慢一點。

但我的方法
沒什麼效果。

人家說狗像主人，
難道是我的問題嗎？

敲敲敲

那陣子，獸醫師也建議我們替胡蘿蔔
進行結紮手術。

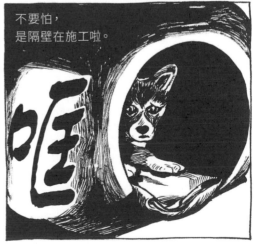

不要怕，
是隔壁在施工啦。

唯

據說結紮可以預防睪丸癌，也可以避免發情的時候爲了尋找母狗跑出家門。

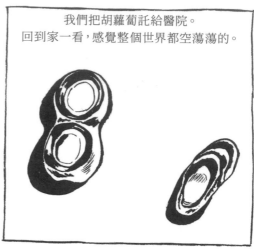

我們把胡蘿蔔託給醫院。
回到家一看，感覺整個世界都空蕩蕩的。

爲什麼心裡越急，
時間卻反而過得越緩慢呢？

雖然坐在書桌前面，
我卻沒辦法專心工作。

白色吉娃娃

江西區傍花洞…
如果有人在附近看到牠
或有人收留牠
請與我聯絡
感謝……

010-
3121-

我在找 我的狗

去帶胡蘿蔔
回家的路上，
看見一張
協尋愛犬的
海報。

以前看不見的東西，現在彷彿
自己的故事般令我心痛不已。

胡蘿蔔。

麻醉還沒有退。

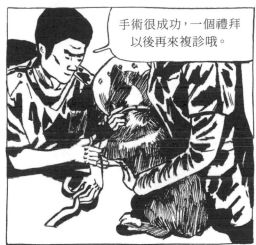

手術很成功，一個禮拜
以後再來複診哦。

替你結紮
到底對不對呢？

聽說開刀後吃
明太魚乾湯最補了。

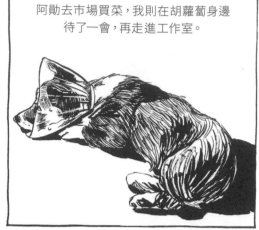

阿勛去市場買菜，我則在胡蘿蔔身邊
待了一會，再走進工作室。

喔，胡蘿蔔！

麻醉還沒退的
胡蘿蔔東倒西歪地
走了進來。

牠像寶貝般緊抱著散發腳臭味的室內拖鞋，
就這樣睡著了。

我覺得患有焦慮症的胡蘿蔔，要是待在都市裡可能沒辦法幸福吧。
在花開得正盛的時候，我們離開了首爾，搬到一個離海很近的鄉下。

阿勛也決定一週只去學校一天就好。

我們整理了一下這個爲
胡蘿蔔搬來的家。

爲了避免路殺，
在露臺上裝了門。

狹小的院子裡
長滿了小樹。

我們挖了幾棵樹，
再把荷花池塘塡起來之後，

鋪上可以讓胡蘿蔔
自在奔跑的草皮。

工程結束之後我們準備了年糕，分送給附近的每一戶人家。

在這個村子土生土長的韓伯伯，看到胡蘿蔔特別開心。
聽說韓伯伯也養了好幾隻狗。

可以跟愛狗的人住在同一個村子真是太好了。

我們家離海邊開車只要 10 分鐘。

蘿蔔啊。

相信我們明天也可以
像這樣一起漫步在黃昏的海邊。

第 2 章

吐司們

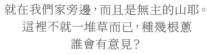

從首爾搬來這裡真的太好了。每天早上都聽著鳥叫聲醒來。

一切都很
完美。

幾乎啦。

喂，那個。

有人嗎？

喂！

怎麼可以在那邊隨便種蔥呢？

您是哪位？

你們怎麼隨便跑進別人的地啊？

您是那座山的地主嗎？

不，我不是地主啦……

那您是？

我跟地主是親戚啦。從很久以前就我們在管的。

是這樣啊。對不起。

人家說不是地主妳幹嘛道歉？

阿勛好了啦，你進去啦。

看看這，還跟長輩頂嘴……最近的年輕人真沒家教。

長輩就可以不跟年輕人講敬語嗎？

真對不起，老人家。
我們以爲那是無主的地。

還有，

既然搬來，就要好好帶上肉和酒，
跟鄰里打招呼啊。
分點年糕就了事啦？

你們連個腳印都別想留在山上！

下次再這樣我就報警了。

你是要報
什麼警啊？

那個人是不是有毛病啊？　不要吵，就叫你
　　　　　　　　　　　不要種蔥了吧。

都是你害的啦。

那個人跟地主才沒什麼關係呢，
什麼親戚，都是騙人的啦。

他就住在山下啦，
所以把那山當成自己的地一樣進進出出的。
然後你們又搬去山邊了嘛。

明白我是什麼意思了吧？

啊，是……

到底要相信誰說的……

哎唷，那要去哪裡
種東西才好呢？

我有幾塊田是種著玩的……
要借你們一塊嗎？

真的嗎？
可以的話
我們當然很感謝。

哇，我們家現在真的有
自己的田了嗎？

還有這麼好的
鄰居啊。

幾天後，韓伯伯
還幫我們一起耕了地。

那邊的墓
是誰的墓呢？

什麼？

我現在沒戴助聽器，
講大聲一點。

我說那邊的墓
是誰的墓啊。

是我
父親和母親
的墓。

我父親
可是打過越戰
的勇士呢。

我走啦。

謝謝您幫我們。

天哪!

三隻看起來 5、6 個月大的小狗
爭先恐後地想要跑出來。
牠們長得都很像吐司,一定有血緣關係。

你們的主人是
韓伯伯嗎？

想看外面啊？
好，等一下。

阿勛和我替那些狗取了名字。吐司1、吐司2、吐司3。
我們每次去田裡的時候,都會按順序把牠們一隻隻抱出來,給牠們看外面的風景。
當然是偷偷抱⋯⋯

然後有一天早上……

栗子樹啊,你看見了嗎?吐司們跑去哪裡了呢。
吐司們發生什麼事了嗎,嗯?

第 3 章
馬鈴薯

你真的長得好像馬鈴薯喔。嘻嘻。
叫你馬鈴薯好不好？

喔！胡蘿蔔，
你也喜歡馬鈴薯嗎？

啊，好吵。

什麼事啊？

咦？

這隻小狗是怎樣？

我也不知道。

我想去田裡，就發現我們家前面放著這個箱子。
這個傢伙就在裡面滾來滾去。

是誰把你丟在我們家的呢？

牠幾個月大了呢？
還這麼小，感覺兩個月都不到。

不知道牠有多想媽媽？
有多麼想念媽媽的味道呢？

沒有，我已經打給好幾個人了，不容易啊……

怎麼辦呢？

我知道了。那也沒辦法。

好，妳幫我問問看周圍的人。

馬鈴薯～你該怎麼辦才好呢？

汪

汪

什麼怎麼辦，就我們養啦。

蘿蔔啊，你覺得怎麼樣？

嗷嗷

胡蘿蔔也是多了一個朋友，就不會寂寞了。

嗷嗷

小小的馬鈴薯面對比自己身材大上許多的胡蘿蔔，
也絕不認輸。
雖然這樣的馬鈴薯很可愛又惹人疼，
但我努力不要對牠放太多感情。
因為覺得胡蘿蔔好像會吃醋。
胡蘿蔔怕自己擁有的關注和愛被馬鈴薯搶走，
一直在看我們的臉色。

我們甚至沒有帶馬鈴薯去醫院打預防針。

某天，馬鈴薯突然開始拉肚子，
還吐了。

不巧正好是星期天。

叫牠也沒有反應。原本那麼活潑的狗狗⋯⋯
到底有多不舒服呢⋯⋯

真的很後悔之前為了胡蘿蔔著想，
對牠差別待遇。

馬鈴薯啊對不起。是我不對。
拜託救救我們馬鈴薯吧。

這件事讓我從此以後對馬鈴薯完全敞開了心扉。
村裡的人說馬鈴薯只是雜種狗，叫我丟了，
養胡蘿蔔一隻就好，因為牠是英國女王也有養的柯基犬。
每次聽到這種話，我都會這樣回答：
「雜種狗更聰明啊，個性也超好的。還有我們馬鈴薯，才不是什麼雜種呢。」
村裡的大嬸們總是看著我笑笑的就離開了。
然後每次經過我家門口，
她們還是會叫馬鈴薯「那隻小雜種狗」。

隨著時間過去，
胡蘿蔔和馬鈴薯相處得
越來越好。
馬鈴薯總是跟在胡蘿蔔後面，
甚至散步的時候還會
吃掉前面的大便。

喂！你們兩個，不要再吃大便了。

不久之後，馬鈴薯也去結紮了。

但胡蘿蔔卻開始死命攻擊馬鈴薯，一天好幾次。
是因為馬鈴薯的荷爾蒙味道變了嗎？
馬鈴薯常常逃到角落躲著，
害怕到尿出來。
連上前阻擋的阿勛也被胡蘿蔔咬傷了。

哀號

馬鈴薯總是在看胡蘿蔔的臉色。

我們總有一股罪惡感，
覺得自己好像做錯了什麼。

蘿蔔啊，好奇嗎？

這是艾草。

嗅
嗅

馬鈴薯，
你也過來。

關於胡蘿蔔的暴力傾向問題，我們請教了邑城裡的獸醫師。
他給我某間寵物犬訓練所的電話號碼。

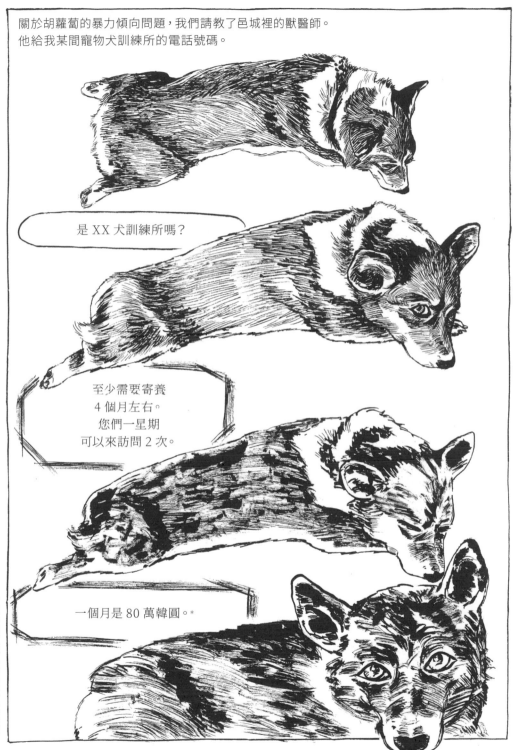

是 XX 犬訓練所嗎？

至少需要寄養
4 個月左右。
您們一星期
可以來訪問 2 次。

一個月是 80 萬韓圓。*

*約一萬八千六百五十元台幣。

71

雖然錢也是個問題，
但我不可能把胡蘿蔔交給
一個對我而言
完全陌生的地方。

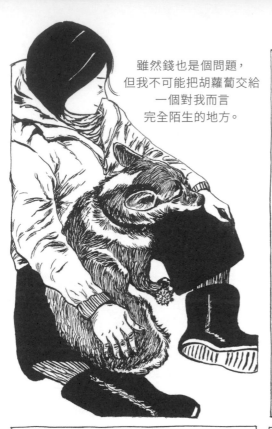

我不久之前在新聞上看到有人把狗狗寄放在
寵物旅館，兩天之後主人去帶狗的時候，
才發現狗已經處在有生命危險的狀態。
狗狗因為有吠叫的問題，
遭到寵物旅館老闆用水管瘋狂毆打。

馬鈴薯來啦？

在網路上搜尋寵物犬訓練所，
也看到有人寄養之後狗的情況反而更惡化，
還有狗被毆打致死，
變成冷冰冰的屍體回來的報導。

胡蘿蔔，你跟
馬鈴薯玩啊。

要是把我們胡蘿蔔交給那種地方，
不曉得會遭到怎樣的對待。
但也不能就這樣放任胡蘿蔔
一直攻擊馬鈴薯。

馬鈴薯，過來啊。

一個也有養狗的法國朋友介紹了一位
在德國學成回國的獸醫師給我。
他建議我一天給胡蘿蔔吃一顆百憂解。
於是早餐的時候，
我把藥跟好吃的鮪魚、肉、雞蛋和飼料
混在一起餵牠。

隨著時間過去，
胡蘿蔔漸漸找回了安穩，
當然對於食物的執著
仍然沒有太大改變。

冬天，後山是最棒的一條散步路線。

等一下。

這是一天之中我們大家最快樂的時間。

吃吧。

已經沒了。
我們回家吧。

第 4 章

小黑

喂。 啊，大哥！

叮鈴鈴

您過的好嗎？
午餐嗎？
我是有會要開啦。

補身湯？是啦，最近身體狀況也不太好，
是該吃一點能補氣力的東西。

那等我開完會，
晚點一起吃午餐吧。

發動機車

胡蘿蔔媽媽！ 妳帶狗狗們去散步啊？還好有遇到妳。

?

其實我是有事情想拜託胡蘿蔔媽媽，就是……

什麼事呢？您請說。

麻煩妳餵一下毛毛吧。

我平常都會餵牠，但以後沒辦法了。

為什麼？

因為…我要搬去首爾住了。我們家房子已經掛一陣子都沒賣出去，不久之前終於賣掉了。

我只要一想到牠，都擔心得睡不著覺呢。就拜託您照顧了。

好的，祝您搬家順利。

小黑啊，妳知道嗎？聽說阿伯得了癌症，癌症惡化然後要去首爾的大醫院治病。唉唷，阿伯也很可憐。妳現在該怎麼辦呢？

為什麼大家不好好照顧狗，又要養狗呢？

有娜，等一下。

那隻狗沒有名字。
所以牠的名字隨大家愛怎麼叫都行。
原本照顧牠的伯母因為牠毛很厚，所以叫牠「毛毛」。
我是叫牠「小黑」，阿勛則是直接叫牠「黑狗」。

阿勛你為什麼每次
都叫我們等一下啊？

掰掰，黑狗。

說要去散步
又在廁所看
YouTube……

你是手機
上癮了嗎?

又跑去喝水、說肚子餓了吃根香蕉,
還有爲什麼球鞋的鞋帶
每次都要解開再重綁回去啊?

不然你就都
準備好了再叫我。
你以爲我很閒是不是?

兩隻狗一聽到要去散步
就興奮到不行了。

唉唷,
妳身上長了好多
牛蝨喔。

眞是的,連回都不回。
把我講的話當耳邊風是吧。

吃這個。

胡蘿蔔、馬鈴薯,
走吧。

等一下。

其實，根本沒什麼大不了的，
但我們總是在吵一樣的內容。

去那邊玩。

咬

嗚啊啊

又是那個聲音！
狗在嚎叫。
發生什麼事了？是哪裡來的？

第 5 章

貓王

覺得每天都走右邊的田間小路有點膩了，
所以改走左邊試試看。
於是第一次遇見了這傢伙。

馬鈴薯。

那隻狗住的村子裡有荷花池。還有艘木筏，但不知道主人是誰。
我想大概是為了給孩子們玩耍才放在這裡的吧。

夏天的蘆葦在陽光下閃閃發亮。
水面平靜無波，我們把船慢慢划過蘆葦之間，一片祥和寧靜。

雖然胡蘿蔔和馬鈴薯一開始有點害怕，但很快就開始覺得好玩了。

這輩子第一次搭船，牠們似乎非常滿足。
尤其是馬鈴薯，從此之後每次經過荷花池，
牠就會率先往下跑到池塘旁邊，
用很想搭船的眼神看著我們。

下船之後再走了一陣子，
　那隻狗又出現了。

帶著一臉簡直像
離散家屬重聚般殷切的表情，

朝我們飛奔過來。

欸，你又來啦？

你過得好嗎？

那隻狗就這樣自顧自地跟著我們,
到了我們要回家的時候,就沒有再繼續跟過來了。

我有點擔心牠會跟過來，
所以故意不回頭看。

再見。

回家的路上又遇見了另一隻狗。

我遠遠看過這隻
狗好幾次，是我們
在田埂上玩球的
時候。

這家的女兒常常會
帶狗去散步。

馬鈴薯雖然年紀小，
卻很勇敢。

低吼

緊張

雖然牠充滿好奇心，個性卻
有點散漫，一恍神就可能有被攻擊的風險。

胡蘿蔔則是膽子很小，保持距離在遠處觀望著。

原來牠的名字叫艾維斯，跟貓王一樣呢。

艾維斯那傢伙，
應該平安回家了吧？

好幾天都沒看到艾維斯的蹤影。

難道發生什麼事了嗎?

胡蘿蔔、馬鈴薯,我們去找艾維斯玩吧?

這裡好像就是艾維斯的家耶。

艾維斯!

嚇!這是?

難道艾維斯真的怎麼了嗎?

塑膠棚裡好像有
什麼聲音耶。

你們先在這
等一下哦。

打擾了。

汪、

是這裡。

您好～

汪

哎呀這是誰啊？
艾維斯！

汪汪

好幾天沒看到很擔心你耶，
結果你變這麼胖。

艾維斯有小孩了。

什麼？牠不是公的嗎？

名字叫艾維斯
還以為牠是公的。

因為希望牠能活得像
貓王——艾維斯·
普里斯萊一樣帥氣，
才幫牠取這個名字的。

不過牠鼻子的傷
是怎麼了呢？

其實艾維斯是被遺棄的，好像是去年夏天
來釣魚的人把牠丟在這就走了。

好幾個村子裡的人都說，
連續好幾天都看到艾維斯在
釣魚池那邊徘徊。

看牠傷口的樣子，
應該是小時候被戴了防咬嘴套。

伯伯
您怎麼會領養
艾維斯的呢？

艾維斯自己用腳
跟著我女兒過來的。

124

什麼時候會生呢？

大概一個禮拜內就會生了吧。

院子裡的狗屋好像壞了，艾維斯現在住在哪裡呢？

現在要生寶寶了得暖和一點，所以我在這裡面幫牠重蓋了一個。還鋪了電毯。

最近還每天煮明太魚乾湯給牠吃。牠一次可以吃 2、3 個明太魚頭，開心得要命。吃飯時間一到就跑過來催呢，哈哈！

艾維斯遇到一個很好的新爸爸，真是太好了。

從艾維斯家走回我們家路上
遇見的白狗，再也沒看過了。

已經過了好幾天。

您好，阿姨。

這裡的狗
跑去哪了呢？

送去一個地方了。

送去哪裡？

說是把自己養的狗拿去做成喝的汁了。
一邊說還一邊笑著。
笑得有些過分開朗了。

好像只有綁過白狗的鐵鍊和
殘留著牠味道的空狗屋
還記得牠的樣子。

那天晚上，艾維斯的爸爸傳訊息過來。
說艾維斯當上媽媽了，生了 5 隻小狗。

第6章

梅雨

唉，雨實在下太久了。

我們的狗該怎麼辦？
又不能去散步……

啊!?

雨停了嗎？

馬鈴薯。

你下雨還是喜歡待在外面啊？

真的跟胡蘿蔔完全相反耶。

在雨又開始下之前，
我們趕快出門去
散個步吧。

嗨,小黑。
妳還好嗎?

妳這傢伙,下這麼大的雨還是
好好撐著耶。謝啦。

下次一定帶好吃的
零食來給妳哦。

蘿蔔啊，不要進去。
裡面都是牛蝨啦。

啊!?

我剛搬來這裡的時候，
那裡還綁著兩隻狗。

牠們消失去哪了呢？

好吧，去玩吧。我好像每天都只會跟你們說「不行」而已。

走吧。

馬鈴薯，
過來。

怕有牛蝨又不敢去山上。

要是我們家院子有寬寬的草皮讓你們跑來跑去就好了……

啊，又下雨了。

不能再繼續散步了。

我們回家吧。

哦?不行喔。

這邊不能進來喔。

第一個映入眼簾的是
紅色的塑膠圍裙。
我連他手裡
有沒有拿著刀
都想不起來了。

桌上擺著燒得焦黑的
某樣東西。

那是一隻狗。

那天也

像今天一樣

下著雨

記不太清楚了。
我是怎麼知道的呢？

大概是聽到
大人們說的話了吧。

是從哪聽到的呢？
一直下著雨，應該不是外面才對……
是在家裡聽到的嗎？

總之在雨停之前，
必須快點逃走才行。

149

你回來會死的。

不要回頭看，快跑。

絕對不能回來。絕對不行……

是一隻狗。旁邊站著兩個大叔正在抽菸。
其中一個人的手上還拿著棍棒。

是那隻非得跑回來找主人的狗。

那個抽著菸的男人，
他的臉越來越近。

是，父親嗎？
不。
是韓伯伯！

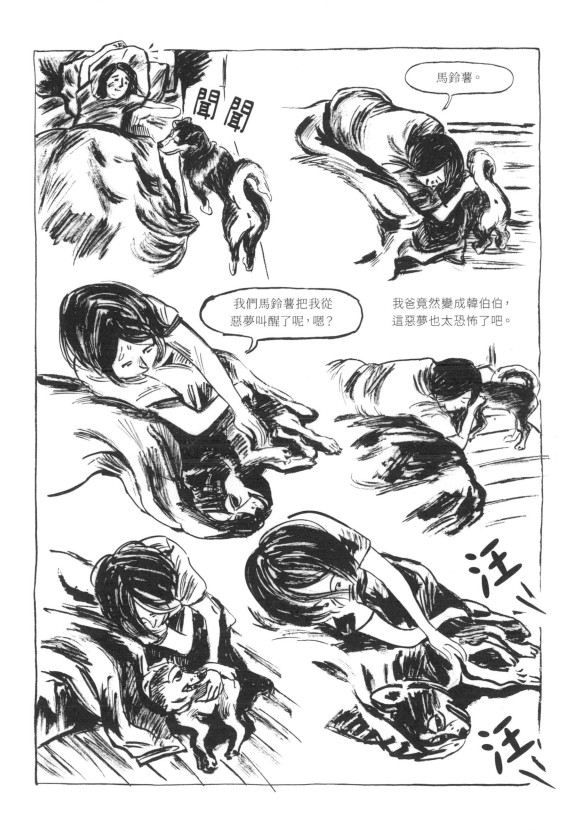

狗會叫，
一定是有原因的。

蘿蔔啊，怎麼了？
發生什麼事了？

有一次胡蘿蔔邊叫邊向我跑來，
彷彿在示意我跟著他。
我跟去一看，發現廚房地板被水淹了。
原來是阿勛忘了關淨水器。
多虧胡蘿蔔，
才能避免整間房子陷入洪水之中。

還有一次是開瓦斯煮泡麵卻忘記關，
那時也是有胡蘿蔔的提醒，
才讓我們免於險境。

貨串越來越近，
擴音器中傳出的聲音也逐漸清晰。

是狗販子。

買狗～買小狗～
買山羊～

天哪。居然是要吃狗肉或者做成狗燒酒。
胡蘿蔔和馬鈴薯知道那些人為什麼要買狗嗎？
牠們明白那車上載的狗，會有怎樣的命運嗎？
還是只是單純因為貨車擴音器太吵，
才讓牠們狂吠的呢？

夏日裡，雨停的那天總是會聽見狗販子貨車上的擴音器響遍四周。
我很擔心狗販子會對我們的狗狗做出什麼事。
偶爾會覺得自己彷彿變成了
身處危險之中的狗。

屠狗的韓伯伯、把自己養的狗做成
湯藥喝的那些人、還有製作那種
湯藥的健康院就在我家附近的事實，
都讓我越來越焦慮。

要舉發嗎？
舉發了會有什麼不一樣嗎？
該去哪裡舉發才好呢？
動物保護處？
郡政府？警察局？
要是警察也站在他們那邊
怎麼辦？
舉發之後會遭到報復嗎？

村子裡的人全都知道。
像我們一樣從城市搬來的
那些人也知道。
他們也跟我們一樣，
對消失的狗感到惋惜而議論紛紛。
但沒有任何人站出來。

我拼了命地想忘記。
但每個清晨好像都會聽見
狗在遭到屠殺前
被強制拉走，
和牠們在被殺害時的
絕望悲鳴。
只要狗一叫，
我就不禁看向
韓伯伯家的方向。

看到狗被綁在院子裡，
在路上遇見被遺棄的狗，
或者看見狗被關在鐵籠裡，
都讓我心痛得難受。

村裡的大叔、大嬸對我親切地笑，
在我眼中卻彷彿怪物般猙獰。
他們也曾是那些把田裡剛摘的南瓜分給路過的我們，
送來一整籃草莓，或者割下一大堆白菜送給我們的人。

但對他們而言，
狗不過是跟豬、牛一樣的
家畜罷了。

我連日為惡夢所擾。
雖然無法舉發，我們卻也沒辦法離開村子。
因為根本不能確保其他地方不會有像韓伯伯一樣的人。
無法保證其他地方的寵物就不會被人類虐待，能被愛著、幸福地生活下去。

我們也沉默了。就像那些從城市搬來的人一樣……

第 7 章

巧 克 力

夏天發生那件事之後，
我就再也沒辦法經過
韓伯伯的家了，
甚至開始避免走到那附近。
不過還是得每天帶胡蘿蔔
和馬鈴薯去散步才行。
而因爲牛蝨的關係，
也不能帶牠們去山上，
所以我們改向前村的田埂
尋找其他能走的路。

幸好很快就發現了
新的路線。
是一條李子果園和
農田之間的小路。

因爲這條路幾乎沒有人經過，
兩個人並肩走都嫌太窄，但以一個人牽著狗
通過的寬度而言很夠了。

秋日裡，一個生命呼喚了我們。
牠的眼睛在說：
「我，在這裡噢。」

籠裡一片凌亂。脖子前方直到胸口的部分都彷彿沾上了泡菜汁，
白色的毛被一片鮮紅沾濕了。身上的味道也很糟糕。
牠前面擺著一個裝著紅色湯汁的鍋子，
上面漂浮著人類吃剩的食物殘渣。

你們想要
就帶走吧。

這隻狗是
您的狗嗎？

是我們社長給的。
我們不曉得是那種狗啊，
還以為是普通的雜種。

原本要免費送給狗販子，
結果他們說不要那種狗。

看起來是
邊境牧羊犬。

牠幾歲了？

聽說還會牧羊……
好像說是
很聰明的狗吧。

前年秋天帶來的。

那時候大概才出生
兩個月吧。

跟我們馬鈴薯年紀差不多。

我想起了電影《原罪犯》* 的主角。
關住那隻狗的狹小牢籠裡，
連一塊讓牠能好好站著的木板都沒有。

主人和狗販子，
誰都不想要的生命。
被領養之後又被拋棄的生命。
在鐵籠底部堆成小山的
白色乾燥糞便，
訴說了牠在這裡
虛無度過的層層時光。

阿勛說要把牠帶回來。

我拒絕了。心裡想的是一回事，
現實則是另一回事。
養了狗就必須每天餵牠，天天帶牠去散步，
要陪牠玩，還要定期去醫院回診。

胡蘿蔔和馬鈴薯對我的愛雖然爲我帶來快樂，
但同時也伴隨著相應的責任，
我實在沒有自信再多領養一隻狗。

而且又不能把胡蘿蔔和馬鈴薯放在家裡和
我們一起生活，只把那隻狗留在外面，
可能會害牠覺得主人偏心。
也要考慮到討厭狗的鄰居會怎麼想。

再來狗狗之間也可能會不合。
我認識的人就領養了幾隻被棄養的狗，
也真的發生過意外。
去年夏天，他們的其中一隻狗被蛇咬死。

其他的狗在意外發生後變得越來越敏感，
開始相互爭鬥。爲了阻止牠們打架，
朋友的手臂被咬了。幸好傷得不是很重，
但他還是爲這件事辛苦了好幾個月。

沒有名字的狗啊，抱歉對你視若無睹。
雖然不容易，但我會忘記你。爲了過好我們的日常生活。

隨著天氣漸漸變冷，
我們就不再去田埂那頭散步了。

下起白雪的冬季郊山，對胡蘿蔔和馬鈴薯而言就是最棒的遊樂場。

看著牠們盡情享受自由、
開心奔跑的樣子，
總是讓我不禁想起被關在
鐵籠裡的邊境牧羊犬。

時間流逝，那隻狗的眼神卻愈發頻繁、愈發鮮明地浮現在我眼前。

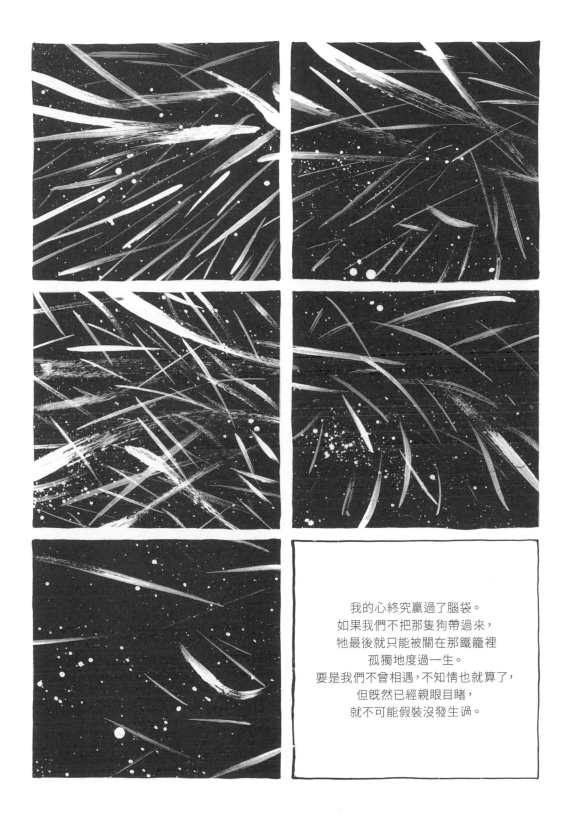

我的心終究贏過了腦袋。
如果我們不把那隻狗帶過來，
牠最後就只能被關在那鐵籠裡
孤獨地度過一生。
要是我們不曾相遇，不知情也就算了，
但既然已經親眼目睹，
就不可能假裝沒發生過。

阿勛問過鄰居，
把丟在小黑家院子的
廢棄狗屋拿了過來。
我們送去親手做的
李子果醬和雞蛋
做爲謝禮。

然後他開始把我們
隨意堆在窄小後院的木柴
全都移到同一邊。
阿勛非常用心地準備著
我們新家人的窩。
我想他一定不只是抱著
惻隱之心在做這些事。
或許阿勛從那隻狗身上，
看見了小時候的自己
也說不定。

阿勛是獨生子。沒有兄弟姊妹的他據說
總是很孤單。從鄉下的外婆家搬到
首爾的時候，阿勛說他也沒有跟
朋友們處的很好。

聽說在爸媽回家之前，
他都只能一個人待在房裡玩。
就算等到父母回家之後，阿勛也必須
假裝念書，一直坐在書桌前面。

那隻狗狗要取什麼名字好呢？

我們的狗狗都叫
胡蘿蔔、馬鈴薯
之類的……

洋蔥？地瓜？
還是說牠很缺愛，
叫小愛好了？

哎，都不怎麼樣。
我喜歡短一點、
簡潔一點的名字。

叫起來也比較方便。
這樣牠才馬上
就會認啊。

牠是棕毛，
那叫焦糖？
不，太長了。嗯…

巧可
怎麼樣？*

* 韓文中焦糖的外來語카라멜（caramel）較초코（choco）來得長。

巧可，嗨。

妳還好嗎？

沒關係，來這邊。

給妳吃。

好好，不要怕。

還以爲可以馬上
帶牠回來的。

但我們誤會了，想得太簡單了。

巧可一輩子都被關在鐵籠裡，
牠的心也關上了。

我們說要帶巧可回家的時候，
牠的主人一副「終於擺脫掉
一個大包袱了」的表情，
讓我們趕緊把牠帶走。

於是我們再次去拜訪
牠的主人說明情況，
請他再給我們一點時間。

隔天，

巧可，
這個叫作項圈。

妳聞聞看。

過來，
我們回家吧。

我們以爲綁上牽繩，拉了以後，牠就會跟著
我們走。但巧可卻躲得更裡面了。

或許要比我們想的更花時間。

或許沒辦法帶牠回家
也說不定。

好,巧可,我們等妳。
等到妳可以接受的時候再出來。

希望妳可以敞開心就好了。

已經好幾天氣溫都低於零下 20 度了。
阿勳每天都在同樣的時間去找巧可。
然後大概花 1 個半小時
跟巧可待在一起。

當然大部分時間都是
待在巧可的鐵籠旁邊，
坐在一個廢棄的衣櫃上
默默等待。

隨著時間過去，只要從遠處聽見阿勛的
腳步聲，巧可就會開心地大叫。

嗨，巧可。

阿勛要走的時候，
巧可就會發出
哭的聲音。
但牠還是沒有從
鐵籠裡出來。

一天,阿勛把衣櫃搬到鐵籠的前面,
然後把零食放在衣櫃上稍微有點
距離的位置。爲了吃到零食,
巧可把身子向鐵籠外移了一點點。
阿勛一回家就跟我報告巧可的變化。
看見牠敞開心胸,我們一方面感到
開心,另一方面卻也有些擔心。
因爲胡蘿蔔和馬鈴薯的緣故。
胡蘿蔔幾乎花了一年才
完全接受馬鈴薯。
不曉得牠們能不能順利適應?

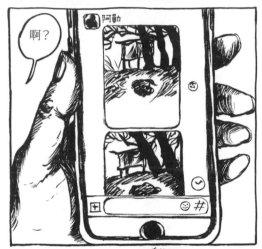

牠是暌違多久踩上土地的呢？

往前走一步，重心不穩，
又歪歪扭扭再踩幾步，
再度踉蹌。
巧可老是一直
趴下。

最後一次聞到土地的香氣
又是何時呢？

落葉堆積的味道。

怎麼了？腳痛嗎？

和埋在其中蠢動的蟲子們。

好，我們慢慢走啊。

村裡狗狗和貓咪的排泄物味道……

大概這一切都讓牠感到新鮮吧。

好棒。

把巧可帶回來，
是對的嗎？

我們既開心
又憂心。
不過現在已經
來不及了。

啊，小老虎來了。
我們村裡唯一沒有被綁著的傢伙。

你就是
巧可在鐵籠外
遇見的第一隻狗啊。

爲了聞到母狗的味道，
小老虎總是全村趴趴走。

小黑也懷過小老虎的孩子。

巧可才剛來，又不能
馬上幫牠結紮……

所以我們只能小心
不要讓小老虎接近巧可。

萬一巧可喜歡小老虎怎麼辦？

看來小老虎大概是
滿喜歡巧可的。

哼哼

嗅嗅

小老虎，
你不要再跟了。

汪、汪
汪

汪 汪
汪

嘿，黑狗，妳好啊。

我現在沒空陪妳玩。
下次見。

巧可啊，走吧。

小老虎總是一直
上門來煩巧可。

幾天後，
我們把巧可的
狗屋移到前院。

看來老天也在歡迎
巧可成為我們的家人。
這是巧可在鐵籠外
遇到的第一場雪。

雪花飛進了
巧可的眼裡，
也化在巧可的
嘴裡。

胡蘿蔔和馬鈴薯，
明明就做過結紮手術了……

這是一種本能嗎？

還是
只是在玩呢？

是因為好奇嗎？

忌妒？

警戒？

206

某一天，阿勛帶巧可去前山散步，
下山的途中把巧可弄丟了。

那是我們每天散步的路線。

巧可!

妳在哪裡?

他想巧可或許已經回家了,
連忙回家看看。

巧可不在家裡,
於是阿勛又往山裡去。

不久之後，
韓伯伯開著耕耘機經過我們家。

耕耘機上載著幾隻狗。
被關在鐵籠裡的是很大隻的黃狗。

現在都不用
遮遮掩掩了是吧？
簡直就是
光天化日下公告
「我在殺狗」嘛。

因為一直住在鐵籠裡，
巧可被餵得胖嘟嘟的。
如果狗販子看到
變胖的巧可，會不會
想把牠帶走呢？

想到這我突然膽戰心驚，
感到一陣窒息。

巧可!

牠跑到
我們家來了。

來的是
巧可的前主人。

牠在山上
走丟了。

唉唷,
真可憐。

天哪!居然
忘不了前主人,
還跑回去
找人家啊。

前主人一走,
巧可就像狼一樣
開始哭嚎。

呦
嗚
嗚

巧可啊,
我們進去吧。

牠怎麼知道前主人的家在哪呢？

明明一次都沒進去過才對……

我覺得很不可思議，
但又爲何有點不是滋味呢？

爲什麼妳會去找前主人呢？

那個人把妳關起來，
還想殺了妳啊。

是因爲還沒被胡蘿蔔和馬鈴薯
接受的關係嗎？

妳走路還不太方便,
一直去散步腳一定很痛吧?

該不會是想念鐵籠的生活吧?
妳彷彿能讀出我的心思一般,一直凝視著我。

巧可拉肚子了。
原本一帶回家就應該帶牠去獸醫院的，但可能是因為害怕，
牠一坐上車就會嚇得尿出來，所以一直還沒去看醫生。
我們已經沒有選擇的餘地了，就算尿尿，也要強行把牠抱到車上才行。
巧可拍了 X 光，也做了超音波和血液檢查。
檢查的結果是感染了心絲蟲，據說是第三期。
醫生給我們看住在巧可心臟裡的心絲蟲影片，微小的生命們正在蠕動著。
我突然鼻頭一酸，沒辦法好好呼吸，滾燙的淚水就這樣傾瀉而出。

我想起我們去帶巧可時，前主人說的話：
「原本要免費送給狗販子的，結果他們不要。」
那個聲音一直迴盪在我耳邊。
在人前表現得那麼愛狗，溫柔撫摸著巧可的前主人……
想到他對巧可的忽視和放任，我不禁氣憤地渾身顫抖。

「哇，快看牠。牠知道主人現在很傷心。」
護理師在一旁說道。

「不要擔心，我們一定會救妳。妳一定會變健康的。我們的巧可，愛妳喔。」

一共要打 3 次針,
首先要把巧可的身體狀況調整好,調到足以接受治療的程度才行。
巧可當天的晚餐就開始吃藥了。
牠咳嗽很嚴重,呼吸也很不順暢,還喝了很多水。
阿勛和我輪流監控著巧可的狀態,準備隨時和醫院電話聯繫。

「巧可,拜託妳一定要撐住喔。」

結語

生命仍會繼續

走啊。

你幹嘛突然定格不動？

巧可，等一下。

等我們一起走啊。

蘿蔔啊，走吧。
要下雨了。

幸好現在經過前主人家附近的時候，巧可也不會再往那裡看了。
牠會直接走回我們家。巧可已經徹底把我們當成家人了吧？

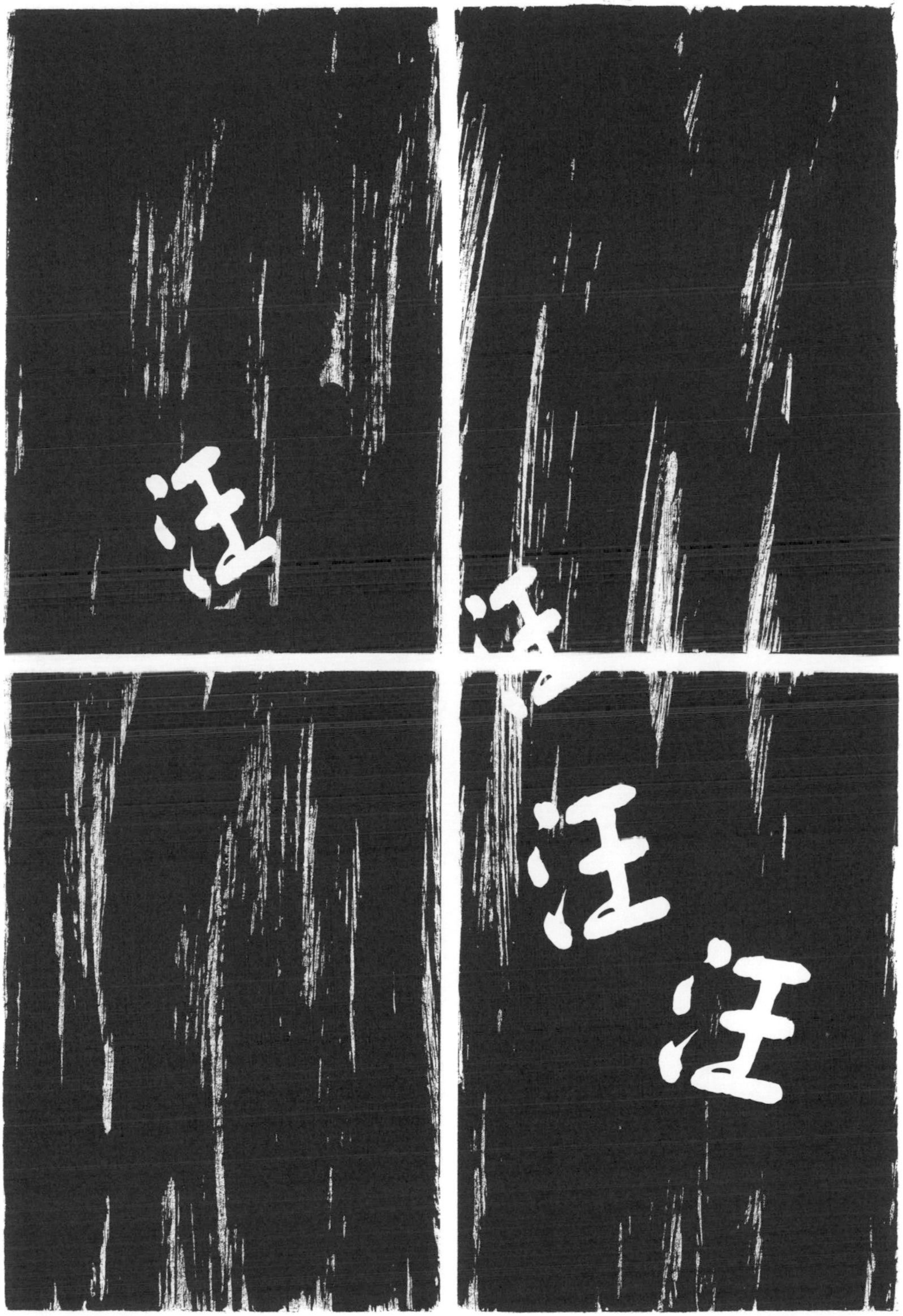
汪
汪
汪
汪

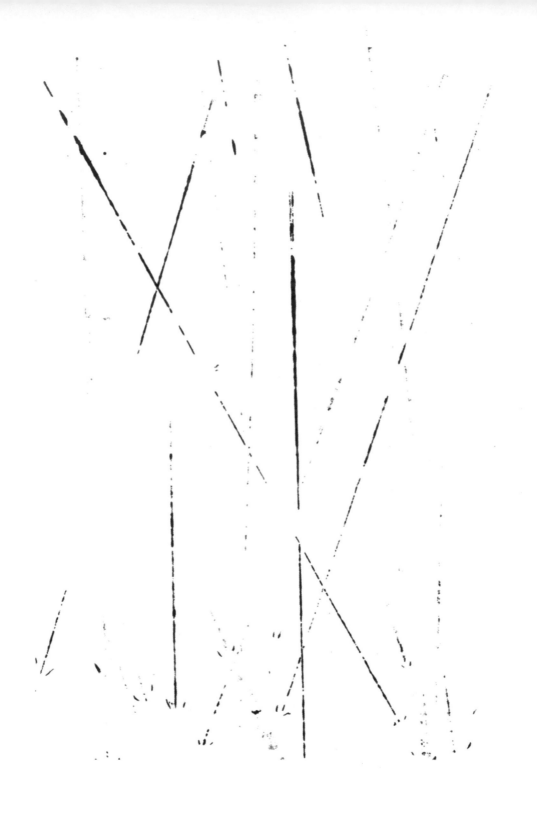

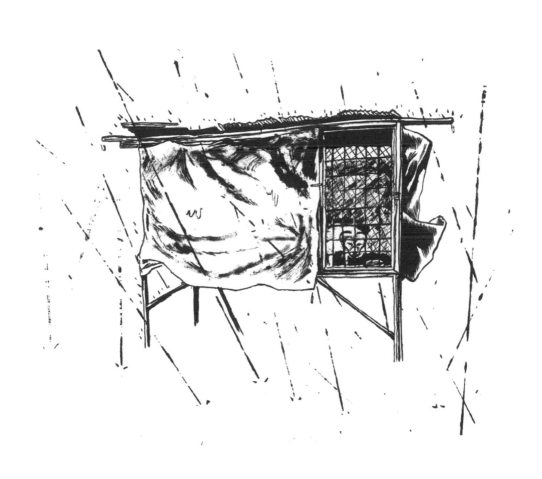

作者的話

　　住在法國的時候，人們曾這樣對我說：

「你們，會吃狗肉對吧。」

我的回答是：

「你們也會吃馬、兔子、青蛙，還有蝸牛肉啊。」

那時我還不知道。
狗只不過是不會說人類的語言而已。
我還不知道，錯誤的文化和傳統是必須被改變的。

　　那個時候不僅沒想過要養狗，也不曾想過會畫關於狗的漫畫，從來沒有。

　　人類很難理解自己沒有經歷過的事物。所以會透過書、電影等媒體產生間接經驗，以此為基礎培養出理解和同理心。
　　聖 - 修伯里的《小王子》是我喜歡的書之一。有好一陣子，我都是聽著《小王子》的法文有聲書工作，其中有一段我每次重聽，都還是會被感動的部分。就是狐狸和小王子關於豢養的對話。我好像就是從這裡開始學習怎麼和動物交流的。

　　和狗一起生活之後，對這個部分更深有同感。

清晨，我半睡半醒地躺在床上，然後就會聽到馬鈴薯跑上二樓的聲音。如果我繼續裝睡，牠就會過來舔我的手、聞我的味道，接著磨蹭我的臉。我的一天就是這樣在愛中開始的。走到樓下，就會受到胡蘿蔔和巧可彷彿和離散家屬重逢般的熱烈歡迎。對我來說就像有了三個守護天使一樣。

和狗一起生活之後，我愛上了狗。和狗一起生活之後，我開始看見其他狗。

住在首爾的時候，每次看到被棄養的狗就非常心痛。因為我知道那隻狗不會忘記主人，會一直在同一個地方等待。住在鄉下的時候，常常看見不曾好好被帶去散步，只能綁著頸鍊待在原地的狗。還有太多狗在酷暑中連一口水都沒得喝，被迫待在路邊任由陽光曝曬。

寵物（伴侶動物）有牠們的喜怒哀樂，並且能和人類交流、共感。我們對寵物的愛，也同時伴隨著責任。不應該只在覺得可愛、養起來方便的時候愛護寵物，厭倦時則以不想負責為理由棄之不顧，我們必須謹慎思考這類問題的嚴重性。有許多行動正因我們是人，才能選擇要做，而也正因我們是人，才更需要為這些行動好好負責。

我想透過這本書傳達一個最重要的訊息，就是我們要具體地建立並遵從以寵物為對象的相關保護法律。以下是韓國現行的動物保護法中，禁止動物虐待的相關條例。

第 8 條（禁止動物虐待等）

① 任何人不得對動物行以下各號之行為。

1. 以繩勒死等殘忍方式造成動物死亡之行為。

2. 在路邊等公開場所殺死動物，或者在其同種動物面前使該動物死亡之行為。

3. 以故意不給予飼料或飲水等舉止，造成動物死亡之行為。

　　我們有必要在此提出一個問題。動物一定得死或必須被傷害到致死的地步才算是虐待嗎？出生在繁殖場，因為要做成補身湯或狗燒酒而被殘忍屠殺，或者在賣場被放任飼養、販售的狗，難道沒有遭受虐待嗎？

　　狗是一種一天至少必須散步一次的生物。在炎熱的夏天用狗鍊綁著狗、不給狗喝水這種行為，也是一種虐待。寵物也是一個生命，而我認為人應該盡一切責任，讓被自己帶回家的寵物有辦法去追求最小的幸福。讓彼此都能充分地幸福，相互豢養彼此。

　　這次的作品是以數千張照片和日記為基礎創作的。我覺得書寫和繪畫要盡量貼近現實，才會更有真實感。看著狗的照片對我幫助很大，讓我得以掌握不同情況下狗的眼神、嘴角、耳朵、鼻子、尾巴動作等各自代表的意義。用狗的視角觀看書中描繪的景象，也非常有趣。

　　希望這本書能對寵物，以及深愛寵物並且努力想守護牠們的人有所助益。

　　敬人類的守護天使——狗。

　　敬人類。

2021 年 6 月

金錦淑

附錄
狗與人類的時間

集結了對我作業時幫助很大的
幾張照片。

PaperFilm FC2081

有狗的日子
개

作　　　　者　金錦淑（김금숙）
譯　　　　者　徐小為
責 任 編 輯　陳雨柔
封 面 設 計　馮議徹
內 頁 排 版　傅婉琪
行 銷 企 劃　陳彩玉、林詩玟

發　行　人　凃玉雲
總　經　理　陳逸瑛
編 輯 總 監　劉麗眞
出　　　版　臉譜出版
　　　　　　城邦文化事業股份有限公司
　　　　　　台北市民生東路二段141號5樓
　　　　　　電話：886-2-25007696 傳眞：886-2-25001952

發　　　行　英屬蓋曼群島商家庭傳媒股份有限公司城邦分公司
　　　　　　台北市中山區民生東路141號11樓
　　　　　　客服專線：02-25007718；25007719
　　　　　　24小時傳眞專線：02-25001990；25001991
　　　　　　服務時間：週一至週五上午09:30-12:00；下午13:30-17:00
　　　　　　劃撥帳號：19863813 戶名：書虫股份有限公司
　　　　　　讀者服務信箱：service@readingclub.com.tw
　　　　　　城邦網址：http://www.cite.com.tw
香港發行所　城邦（香港）出版集團有限公司
　　　　　　香港灣仔駱克道193號東超商業中心1F
　　　　　　電話：852-25086231
　　　　　　傳眞：852-25789337
新馬發行所　城邦（馬新）出版集團 Cite (M) Sdn Bhd.
　　　　　　41-3, Jalan Radin Anum, Bandar Baru Sri Petaling,
　　　　　　57000 Kuala Lumpur, Malaysia.
　　　　　　電話：+6(03) 90563833
　　　　　　傳眞：+6(03) 90576622
　　　　　　讀者服務信箱 :services@cite.my

一 版 一 刷　2023年4月
ISBN 978-626-315-285-4
版權所有‧翻印必究（Printed in Taiwan）
售價：380元（本書如有缺頁、破損、倒裝，請寄回更換）